Brunat

Quelques Scènes

QUELQUES SCÈNES

FRANÇAISES,

AVEC

ALLÉGORIES, PANTOMIMES,

DANSES ET CHŒURS.

PAR M. CIZOS, *ex-Membre du Tribunal Criminel du Département de la Gironde.*

A PARIS,

De l'Imprimerie de CORDIER, rue Favart, N°. 422.

AN XIII. — 1804.

OBSERVATION.

Cet ouvrage, d'une composition assez extraordinaire, et réunissant tous les genres de spectacle qui nécessitent un grand éclat, a été écrit pour être exécuté le jour du couronnement de l'Empereur. J'ai cru qu'une série de tableaux allégoriques qui retraceraient vivement les motifs les plus vraisemblables qui déterminèrent le *quatorze juillet* et tout ce qui s'est passé depuis cette époque jusqu'au jour du couronnement, un instant suspendue par une petite comédie régulière, écrite avec gaieté, liant les deux principales allégories et présentant des allusions que la reconnaissance publique ne pouvait manquer de saisir, offrirait un grand spectacle et susceptible d'une magnificence digne du sujet et de l'époque solennelle de la représentation. Autant qu'il m'a été possible, j'ai écrit la comédie et dessiné les tableaux de manière à n'irriter aucune opinion; et je ne crois point qu'il puisse en exister d'autre aujourd'hui que celle que proclament ensemble et la reconnaissance et l'admiration, parce que tout le bien qui s'est fait, annonce tout le bien qui se fera.

Le théâtre de l'Opéra m'avait paru dabord convenir seul pour l'exécution de cet ouvrage, en requérant quelques acteurs de la comédie française pour jouer la petite comédie. Mais on m'a fait répondre, *que le genre de cette fête s'éloignait trop de celui auquel le théâtre de l'Opéra était consacré*. Je le savais bien: mais j'avais pensé que l'orchestre, que les ballets, que le chant, que la grandeur du théâtre, que les machines toutes montées, et que les talens qui appartiennent à l'Académie Impériale de Musique auraient donné à ma pensée une brillante exécution et tous les développemens que je ne pouvais qu'indiquer. L'ouvrage n'a pu être admis. Je l'ai présenté au théâtre de la Porte-St.-Martin, qui m'offrait quelques-uns des aventages que réunit le théâtre de l'Opéra. On la refusé. *On n'avait pas les moyens pour faire la dépense exigée par la nature de l'ouvrage.*

J'ignore s'il existe d'autres raisons qui n'en permettent pas l'exécution. J'ai voulu retracer, dans un cadre étroit et en peut de mots, tout ce que l'Empereur a fait de grand. J'ai obéi à mon cœur, et si mon imagination s'est égarée ; je demande grace pour elle. J'aurai, comme je l'ai pu, offert mon hommage au grand homme qui, dès les premiers pas dans la carrière, s'élança vers la gloire, la saisit, la fixa, et qui dédaignant les conceptions ordinaires, connaissant bien les mœurs et le caractère des Français, réalisa la plus grande conception et sut conquérir le respect et l'admiration de l'Europe.

PERSONNAGES ALLÉGORIQUES.

LA FRANCE.
LE GÉNIE DE LA FRANCE.
LE TEMS.
L'ANGLETERRE.
LES NATIONS.
LES MUSES.
LA RENOMMÉE.
LA VENGEANCE.
LA DISCORDE.
FURIES.

PEUPLE, SOLDATS, DANSEURS, DANSEUSES, CHANTEURS, CHANTEUSES.

PERSONNAGES DE LA COMÉDIE.

UN MAGISTER.
ALEXIS, SOLDAT.
CRAQUIGNAC, BARBIER GASCON.
LANCELOT, PAYSAN.
LUCETTE.

La Scène est en France.

QUELQUES SCÈNES FRANÇAISES,

AVEC

ALLÉGORIES, PANTOMIMES, DANSES

ET CHŒURS.

ALLÉGORIE.

Il est à-peu-près nuit.

DANS le fond du Théâtre et dans le milieu, on voit LA FRANCE languissante, avec ses attributs délâbrés ; elle est assise sur un trône antique et noirci par le tems, prêt à s'écrouler : à sa droite est un *GRAND COFFRE* vuide, ouvert et renversé, sur lequel on lit les mots suivans: TRÉSOR PUBLIC.

LA FRANCE avec un sceptre, dont la moitié paraît prête à tomber, désigne *le coffre à un groupe d'individus* richement habillés. Tous ces personnages semblent, avec fierté, dédaigner ce que *la France* aux abois a l'air de leur dire.

Au côté opposé de ce groupe, il en est un autre à genoux et dans une attitude suppliante. Les individus qui le composent ont tous des Placets en main et paraissent profondément affligés.

Quatre personnages figurans : *l'Egoisme*, *l'Immoralité*, *l'Ambition* et *la Folie* arrachent alternativement les rayons de la couronne que *la France* porte sur sa tête.

A la droite du Public, on voit une Grotte, dont l'ouverture est recouverte d'une gaze : derrière cette gaze est *le Génie de la France* ; il est entouré de livres, d'instrumens de sciences et d'arts : il écrit, médite et s'agite, etc....

L'ouverture exprime d'abord le Sommeil, la Douleur ; elle finit par des sons guerriers et triomphaux.

La toile est levée quand elle commence.

LE GÉNIE.

» O France ! reine des nations, qu'est devenue
» ta gloire ? O nation ! que la nature fit pour
» être le modèle de toutes les autres, qui pourra
» combler le précipice qui s'ouvre et menace de
» t'engloutir ? Tes trésors sont épuisés. Tous les

» vices qui perdent les Empires, en me ravis-
» sant le bonheur de t'éclairer et de t'apprendre
» à prévenir ta perte, s'efforcent à l'envi de faire
» disparaître les rayons qui s'élançaient de ta
» couronne. Tu languis; ton sceptre est brisé;
» ton trône antique s'écroule. O Français! sauvez
» votre Patrie, il en est tems encore. »

Le groupe dont les personnages ont des Placets en main et sont à génoux, s'agite et écoute avec beaucoup d'attention. Le groupe opposé, et qui se compose d'individus richement habillés, manifeste un grand étonnement.

La France semble vouloir écarter les quatre personnages qui arrachent les rayons de sa couronne.

On voit quelques éclairs; le tonnerre gronde au loin et semble approcher peu à peu.

Morceau de musique très-court.

LE GÉNIE.

» L'heure terrible ne tardera pas à sonner. La
» foudre gronde; je l'entends. O France! renais
» à la gloire; tes enfans aujourd'hui seront dignes
» de toi. »

Les personnages qui étaient à genoux se lèvent vivement et déchirent leurs Placets. Ceux du groupe opposé s'agitent avec violence. Grands mouvemens. LA FRANCE fait de grands efforts pour se relever.

Coups de tonnerre. Eclairs.

Musique analogue, mais très-courte.

LE GÉNIE.

» Mais, ô Français! redoutez votre inexpé-
» rience; redoutez vos ennemis secrets; repous-
» sez les prestiges dont ils s'armeront pour égarer
» votre raison. Vous serez les plus forts; soyez
» sages. Si vous avez eu des oppresseurs, soyez
» généreux. Faites la conquête de vos droits et
» de votre bonheur; mais ne faites point verser
» de larmes. Foulez aux pieds tous les préjugés,
» mais n'agissez qu'à la voix de la raison. Enten-
» dez les cris de la nature; mais respectez, res-
» pectez l'ordre social, qui seul ennoblit l'homme,
» développe toutes ses facultés morales, et mul-
» tiplie à l'infini toutes les jouissances que le
» créateur lui destina. »

Musique guerrière.

Grand éclat de tonnerre; coups de canon. La FRANCE se relève; mais en s'appuyant sur son sceptre, elle achève de le briser. Son trône tombe en éclats.

Les mots : QUATORZE JUILLET se dessinent en l'air.

Le théâtre se couvre de troupes armées. Le groupe composé d'hommes richement habillés disparaît. La FRANCE sur ses pieds chancelle et paraît prête à tomber. Un groupe, couvert de l'uniforme national lui présente un drapeau tricolor, sur lequel elle s'appuie et paraît se raffermir.

Grand jour.

Musique triomphale.

(Les jeux indiqués ci-dessus doivent être fortement prononcés.)

LE GÉNIE.

» Heureuse époque, je te salue; mais puissent » les conséquences être plus heureuses encore!

Marche triomphale.

La FRANCE sort précédée par tous les personnages.

Quand tout le monde est sorti,

LE GÉNIE.

» Français, saisissez votre bonheur, mais ne » flétrissez pas la plus juste des causes. Hélas! un » pressentiment cruel me tourmente. L'éclat de » l'astre qui vous enchante et réchauffe aujour- » d'hui vos cœurs ne tardera point à s'altérer. » Une nuit désastreuse et profonde va bientôt le » faire disparaître. Français, vous êtes grands » en ce jour; tremblez, la perfidie prépare ses » poisons. »

PANTOMIME.

La Vengeance, portant sur elle tous les attributs de la féodalité, arrive. Elle s'agite avec violence. Dans sa fureur, elle désigne la grotte et fait des menaces. Le Génie semble la voir et manifeste son indignation et son inquiétude. Des hommes, des soldats, des femmes s'avancent.

La Vengeance se cache.

Tous ces personnages vont ensemble vers la grotte, et remercient le Génie.

Au même instant, un nuage léger sort de la grotte, et le Génie a l'air de le diriger vers les personnages. Quand le nuage est sur le milieu de la scène et élevé, QUATRE ROULEAUX s'en détachent et tombent. Quatre personnages s'en saisissent.

Musique analogue et rapide.

La Vengeance est dans le fond.

LE GÉNIE.

» Français, la raison vous parle; entendez sa » voix. Méfiez-vous de l'affreux génie qui, dans » cet instant et près de vous, aiguise ses poignards.»

PREMIER PERSONNAGE, *lisant un rouleau.*

» L'homme sauvage est libre, mais il est es- » clave de la fatalité, qui le condamne à souffrir » et ne lui offre point de remède à ses maux. Il » vit sans jouir de sa raison. Les beautés de la na- » ture le frappent, mais il ne sait pas les admirer. »

Pantomime très-courte.

La Vengeance, recouverte des couleurs nationales, se place au milieu des groupes. Elle semble donner à ce qui est lu des interprétations opposées, dont se saisissent certains personnages; ce qui fait naître une diversité d'opinion qui se manifeste. La Vengeance paraît s'applaudir. Le Génie fait voir son inquiétude.

Musique analogue et courte.

SECOND PERSONNAGE, *lisant un rouleau.*

» L'homme social sacrifie à sa raison une partie » de sa liberté ; mais il obtient, en dédommage- » ment, une existence paisible, et il jouit de tous » les biens que créèrent les sciences, l'industrie » et tous les arts. Il élève son ame à Dieu et sait » s'en faire une idée digne de lui. Il conçoit cette » grande pensée, que les beautés de l'univers fu- » rent créées pour lui, puisque toutes sont desti- » nées à affecter délicieusement ses sens. »

Même pantomime que la précédente, mais plus animée et très-courte.

TROISIÈME PERSONNAGE, *lisant un rouleau.*

» Peuples, fais de bonnes lois ; mais sur-tout » redoutes l'exagération. Tes sages auront le bon- » heur de les écrire au milieu des lumières et forts » de l'expérience des siècles. Tes antiques lois ne » furent pas toutes dictées par l'orgueil et l'igno- » rance. N'accordes pas ta confiance à celui qui

» te promet des biens innombrables ; il ne tiendra » pas sa promesse. Confies-toi à celui qui te ga- » rantit ceux que la nature, la raison, ton carac- » tère et une sage politique peuvent opérer en- » semble. Si tu dois redouter la calomnie, crains » aussi d'être égaré par la flatterie. »

Même pantomime, mais encore plus animée : très-courte.

QUATRIÈME PERSONNAGE, *lisant un rouleau.*

» Crées une autorité qui fasse exécuter les lois. » Que l'homme de bien la respecte et lui obéisse : » elle ne frappera que le méchant. Choisis l'homme » dont le génie et le courage auront le plus con- » tribué à ta gloire : il chérira son ouvrage et » se dévouera pour ton bonheur. »

PANTOMIME.

LA VENGEANCE voyant la diversité d'opinion bien prononcée, se saisit des rouleaux et les déchire. Grands mouvemens. Elle distribue des bandeaux. Ceux qui les ont reçus se les mettent sur les yeux.

La nuit vient.

Un nuage noir couvre les mots : *Quatorze Juillet.*

La vengeance s'applaudit et menace le Génie, qui gémit.

Au même instant, la DISCORDE, suivie des Furies armées de torches, sort de dessous le théâtre. La VENGEANCE et elles s'embrassent.

Danse et musique analogues.

Tous les personnages se disputent et sortent, ayant à leur tête la Vengeance et la Discorde.

LE GÉNIE.

» Les destins ont prononcé. Il faut que la lu-
» mière disparaisse ; que la terre se couvre de
» ruines, et que les foudres s'allument. Que de
» systêmes et de malheurs vont en un instant se
» succéder ! O France ! je veillerai sur toi. La
» valeur de tes guerriers sauvera ta gloire : un
» homme élu par la Providence qui te protège,
» réparera les maux que doivent enfanter ton
» inexpérience et la perfidie de ton antique ri-
» vale. La raison, un instant obscurcie, repa-
» raîtra brillante de tous ses feux, et du chaos,
» renaîtra l'harmonie universelle. »

La gaze se couvre.

PANTOMIME.

Grands éclats de tonnerre, éclairs redoublés, bruits de guerre, canon, tambour, trompettes, tocsin.

Deux troupes ayant le drapeau tricolor se poursuivent et se battent.

BALLET DE FURIES.

La VENGEANCF et la DISCORDE s'applaudissent de leurs succès. Suivies d'un certain nombre d'individus ayant des bandeaux sur les yeux, elles s'avancent vers la grotte et semblent ordonner qu'on la brise.

Au même instant, UNE ÉTOILE sort d'un nuage au-dessus de la grotte. Grand étonnement.

La grotte croule. Au bruit qui s'ensuit, ceux qui avaient des bandeaux se les arrachent.

LE GÉNIE paraît sur un char qui s'élève. Il tient dans l'une de ses mains un gonfalon, sur lequel on lit les mots suivans : DIX-HUIT BRUMAIRE.

La Vengeance, la Discorde et les Furies sont

englouties. Le théâtre se couvre de peuple et de troupes de toute arme.

La musique joue l'air :

Où peut-on être mieux
Qu'au sein de sa famille.

Tous les personnages se prennent la main.

L'Étoile paraît sur la tête du Génie.

Le Génie est sur son char.

CHŒUR.

Après les plus affreux orages,
Du calme et de la paix arrivent les douceurs :
Encore quelques jours, la guerre et ses ravages
Auront cessé de déchirer nos cœurs.

LE GÉNIE.

» Peuple, encore un instant, je disparaissais
» pour ne plus reparaître. Sans cette heureux
» jour, tous les prodiges de la vaillance eussent
» en vain étonné le monde. Hommes immortels,
» qui avez ombragé vos têtes de tous les lau-
» riers qui décorèrent les guerriers antiques et
» de tous ceux qui croissaient autour de la
» France dans les champs de la victoire, agréez
» en ce jour la reconnaissance de ce peuple,

» sauvé par vous et par le héros qui vous guida, » de ce peuple sur lequel enfin la raison va » régner. »

UNE VOIX.

Jeune héros, dont la vaillance
Egale la raison......

CHŒUR.

Jeune héros, dont la vaillance
Egale la raison.......

LE GÉNIE.

» Silence; son ouvrage n'est pas encore fini. » Secondez-le dans ses vastes travaux. Que » toutes les opinions se rapprochent et se con- » fondent dans l'amour de la Patrie, et la paix » sera conquise. Un coup de génie et d'audace » la saisira bientôt au sein de l'Italie. Déjà » vos vaillans guerriers couronnent le Saint- » Gothard et s'élancent dans les champs de la » plus brillante gloire, qui reconnaîtra son fils. » Le Génie de la France va présider à ses » grandes opérations. »

Le char traverse le théâtre.

L'Etoile le précède.

CHŒUR.

De nos soldats chantons la gloire,
Honorons leurs travaux;
Des mains de la Victoire
Nous recevrons le prix de tous nos maux.

La troupe défile pendant ce chœur.

BALLET.

COMÉDIE.

(Elle commence au moment que le Ballet va finir. Le MAGISTER a l'air de l'interrompre.)

SCÈNE PREMIÈRE.

LE MAGISTER, LANCELOT, ET LES AUTRES PERSONNAGES.

LE MAGISTER.

(Il parle toujours avec emphase, quand il parle en vers.)

(*Très-empressé.*) Mes amis, mes amis, grande nouvelle, grande nouvelle.

Des destins de la France, en ce jour solennel,
Vous allez..... vous allez.... (Il cherche.)

LANCELOT (riant avec tous les autres personnages.)

Le v'là court, comme à son ordinaire. Il a toujours comme çà queuque nouvelle à nous débiter, et pis çà n'est rien du tout.

LE MAGISTER.

Peste soit du bavard; j'avais commencé le plus joli quatrain...... Vous dansez, vous autres, et vous ne savez pas.....

LANCELOT.

Eh! morguienne, trouvez-nous une meilleure occasion et qui soit plus gaie pour faire danser nos jeunes filles!

LE MAGISTER.

Je conviens avec toi que les rigueurs du sort,
Et que..... et que..... (Il cherche.)

LANCELOT.

Le v'là court encore.

LE MAGISTER.

Enfin il est sûr qu'il ne faut plus qu'un coup pour gagner la partie.

LANCELOT.

Et dame, j'avons un joueur qui n'en a encore perdu aucune.

LE MAGISTER.

Il a relevé les treffles, mis à bas les piques, couvert le carreau, et......

TOUS LES PERSONNAGES.

Et ramassé tous les cœurs.

LE MAGISTER.

C'est çà, c'est çà.

LANCELOT.

Tatigué que vous avez d'esprit, not' magister!

LE MAGISTER (avec importance.)

J'ai souvent forcé la jalousie à reconnaître cet esprit-là, mon ami.

Toujours aux grands esprits, l'envie a fait la guerre,
Mais, mais. . . . . . (Il cherche.)

LANCELOT.

Mais, mais, mais voyons donc la grande nouvelle.

LE MAGISTER.

J'apprends, mes enfans, qu'une partie de l'armée, après avoir vaincu en Italie, vers laquelle elle court par-dessus les montagnes, doit, à son retour, passer avec son général par notre commune.

LANCELOT.

Ah! tant mieux; çà sera beau à voir. Eh! quel jour?

LE MAGISTER.

Ma lettre n'en dit rien; mais ce général conçoit si vîte, il exécute si promptement, il est si leste dans ses voyages, ses soldats et lui gagnent leurs victoires avec tant de vivacité, qu'il pourrait bien paraître ici plutôt qu'on ne pense. Il n'y a qu'un instant qu'il est parti, et j'apprends qu'on va se battre à Marengo.

S'il marche, c'est l'éclair; s'il frappe, c'est la foudre.

Mais enfin, il faut préparer une fête : je la

dessinerai, et je ferai les vers que la commune doit lui adresser.

Pour chanter des héros, ma verve est toujours prête;
Car..... car,.....   (Il cherche.)

LANCELOT.

Allons, morgué, faites vîte vos petits vers; l'occasion est bonne.

LE MAGISTER.

Qu'appelles-tu, des petits vers!

LANCELOT.

Eh! oui, des petits vers; mais ne restez pas court comme à votre ordinaire; car vous avez affaire à un homme qui n'aime pas qu'on reste à moitié chemin.

LE MAGISTER.

Des petits vers! Il les faut dignes de lui et des soldats français. Je lui offrirai des vers ALEXANDRINS!

Mon génie brûlant va prendre ses pinceaux,
Et je veux qu'à jamais.... à jamais....   (Il cherche.)

Mais ne perdons pas de tems, allez tous m'attendre sous les ormeaux.

(Avec emphase.)
Des Muses, en ce jour, invoquons l'assistance;
Du chef et des soldats, pour chanter la vaillance,
Il faut.... il faut que....

Je passe dans mon cabinet.

SCÈNE II.

LES PRÉCÉDENS, LUCETTE, CRAQUIGNAC.

LUCETTE (*fuyant.*)

Laissez-moi donc ; je ne veux pas vous entendre.

CRAQUIGNAC (*accent gascon.*)

Dieu mé damne, jé né conçois rien à tant dé résistance ; mais pétite, est-cé qué vous né m'auriez pas distingué, par hasard ?

LUCETTE (*le contrefaisant.*)

Au contraire, c'est parcé qué jé vous ai bien distingué qué jé né veux pas dé vous.

CRAQUIGNAC.

Pauvre enfant ! vous êtes plus malade qué vous né pensez : vous né sentez pas votre mal.

LE MAGISTER.

Silence, monsieur le barbier ; pourquoi voulez-vous forcer le cœur de la charmante Lucette ?

L'Amour est un enfant que la douceur ravit.

CRAQUIGNAC.

J'en ai fisqué bien d'autres, plus difficiles encore, quand jé faisais mon tour dé France.

LUCETTE.

Le fat !

LANCELOT.

Il ne changera jamais.

CRAQUIGNAC.

J'y perdrais trop.

LE MAGISTER.

Se vanter est d'un sot, a dit un philosophe.

Mais je m'amuse ici, et je devrais avoir la plume à la main.

(A Lucette, avec mystère.)

J'ai ton secret, friponne; il reviendra, le petit mari.... Tu m'entends,.... le cher Alexis.

(Avec emphase.)

Son cœur est embrâsé d'une céleste flame,
Pour la belle Lucette, aux yeux doux, au tein frais;
Il ne pût résister à ses divins attraits;
Dès l'âge le plus tendre.... elle.... elle.... elle ravit son ame.

(Bien content.)

Bon, très-bon. Je vais les écrire; je suis en train; c'est le bon moment.

(Avec emphase.)

La beauté sut toujours inspirer les poëtes.

Allez, enfans, sous les ormeaux; je ne tarderai pas à vous rejoindre.

(Tous les personnages sortent, excepté les suivans.)

SCÈNE III.

LUCETTE, CRAQUIGNAC, LANCELOT.

LUCETTE,
(voulant sortir, mais retenue par Craquignac.)

Mais, laissez-moi donc, homme détestable.

CRAQUIGNAC.

Ainsi parle un cœur aux abois.

LANCELOT (bas à Lucette.)

Je restons pour vous sauver le désagrément de vous trouver seule avec ce fat.

CRAQUIGNAC.

Que fais-tu là?

LANCELOT.

Je vous admirons.

CRAQUIGNAC.

Sors; tu dois voir qué.....

LUCETTE.

Reste.

CRAQUIGNAC.

Jé lé veux, puisqué céla vous plaît. Oh! çà, il faut s'expliquer : céla presse.

LUCETTE.

Tout est expliqué; je vous déteste.

CRAQUIGNAC.

A la bonne heure.

LANCELOT.

C'est clair.

CRAQUIGNAC.

Pauvre sot! tu crois çà? Tu n'y es pas. Lucette, jé mé connais en cœur : j'en ai tant escamoté! La gentille Lucette ne porte pas un cœur avec léquel on né puisse pas s'arranger. Allons, du courage; voici lé moment décisif.

LUCETTE (impatientée.)

Mais que voulez-vous que je dise, le plus ennuyeux et le plus maussade des hommes?

LANCELOT.

C'est çà.

CRAQUIGNAC.

Après?

LUCETTE.

Je ne veux pas de vous.

LANCELOT.

Vous v'là fisqué.

CRAQUIGNAC.

Expliquez-vous franchement.

LANCELOT.

V'là pourtant une belle franchise qu'alle vous a dit.

CRAQUIGNAC.

Tais-toi, bavard, elle va parler.

(Lucette le regarde avec dédain, croise ses bras et ne dit rien.)

Çà va venir, jé vois céla. Cette pauvre pétite, comme elle est embarrassée ! Régarde, Lancélot, cé qué c'est qué la pudeur dans une fille d'honneur. Vous m'attendrissez, bel ange dé ma vie ; jé vais vous facilitet les expressions.... Vous rappélez-vous, ma tant douce amie, dé cé jour.... l'Aurore sé lévait...... vous étiez plus belle qué cette purpurine matineuse...... nous étions assis au pied du grand ormeau...... le rossignol chantait sur notre tête, et lé pétit ruisseau murmurait...... vos jolis agneaux bondissaient dans la prairie...... et.....

LANCELOT.

Oh! oh!

LUCETTE (toujours dans la même attitude.)

Vous mentez ; jamais je ne me suis assise à vos côtés auprès du grand ormeau.

LANCELOT.

Ah! ah!

CRAQUIGNAC.

Vous croyais? Céla sé peut. Jé vous serrais bien tendrément les mains avec lé sentiment d'un cœur vigoureusement blessé.....

LANCELOT.

Oh! oh!

LUCETTE.

Vous mentez; jamais vous n'avez pris, et jamais je ne vous laisserai prendre mes mains.

LANCELOT.

Ah! ah!

GRAQUIGNAC.

Jé vous disais donc, avec l'accent de la vérité.....

LUCETTE.

Dites avec l'accent de votre pays.

LANCELOT.

C'est çà; c'est morgué bian çà.

CRAQUIGNAC.

Jé disais donc, objet dé toute ma tendresse, jé mé donne à vous avec tout cé qué jé possède.....

LUCETTE (riant.)

Si je vous avais pris au mot.....

LANCELOT.

Vous n'auriez pris que lui; car le reste, c'est comme dirait, *zéro*.

CRAQUIGNAC.

J'ai dé l'esprit, des talens et du courage immensément; avec céla, faquin, on est riche quand on veut..... Jé réviens, et jé vous dis, Lucette, qué.....

LUCETTE.

Et moi, je m'en retourne près de ma mère; ce sera la répétition de ce que je fis lorsque vous osates me parler d'un sentiment que vous n'aviez pas, et que je n'aurai jamais pour vous, malgré votre esprit, vos talens et votre courage immense.

(Elle va pour sortir, et Craquignac veut forcément la retenir.)

CRAQUIGNAC.

Jé veux, sandis, une réponse catélorique.

LUCETTE (lui donnant un soufflet.)

Finissez, insolent. (*Elle s'enfuit.*)

SCENE IV.

LANCELOT, CRAQUIGNAC.

LANCELOT (riant.)

Ah! morguienne, v'là un jolit petit soufflet, par exemple.

CRAQUIGNAC.

Cinq cents jolies femmes m'en ont distribué; jé

n'en ai jamais reçu d'aussi fort. Mais ce n'est qu'une faveur tant soit peut aigrélette, et voilà tout.

LANCELOT.

Croyez-vous qu'alle vous aime, à présent?

CRAQUIGNAC.

Plus qué jamais. Elle s'est vengée sur ma joue du terrible coup que j'ai porté à son cœur, et dé cet ascendant invincible qu'on mé connaît sur lé beau sexe. Il est vrai qué jé né mé suis jamais senti tant d'ardeur.....

LANCELOT (avec malice.)

Pour un riche mariage?

CRAQUIGNAC.

(*A part.*) Il mé connaît. (*Haut.*) Mais il est tems qué cette lutte finisse, et qué mon triomphe éclate. Une circonstance piquante va arriver. On dit qué l'armée et lé prémier consul vont passer par ici en révénant dé faire une prompte barbe à l'ennemi ; j'ai une idée.... On parléra dé moi.... Une application heureuse...... il né faut qué çà pour sé faire connaître..... Tout est dit ; il faut s'éléver à la hauteur des circonstances.

LANCELOT (se moquant.)

Allez vous monter bien haut.

CRAQUIGNAC.

Par-dessus le Saint-Gothard et les Pyramides d'Egypte.

LANCELOT.

Pas possible, gascon ; car not' magister nous disait l'autre jour qu'on ne montait-là que sur les aîles du génie, et tout le monde assure que vous n'êtes qu'un sot.

CRAQUIGNAC.

Mon ami, dans la compagnie des sots, l'homme d'esprit est toujours le plus sot de tous; qué céla té soit dit en passant. Allons tout préparer. Va, Lancelot, on parléra dé moi ; on mé rendra justice, quand j'aurai percé, comme c'est l'usage, et Lucette sera trop heureuse qué jé daigne accepter sa main.

LANCELOT. (ricanant.)

Et sa fortune!

CRAQUIGNAC.

Mon enfant, la main d'une femme gentille est une jolie chose; mais la fortune est une chose superbe. Jé prendrai tout. (*Il sort.*)

SCÈNE V.

LANCELOT.

Mais comme il est bête ce Craquignac! Qu'est-ce qu'il va donc faire? Ah! queuque sottise, comme à son ordinaire. Il appelle çà, je crois, UNE APPLICATION...... Eh! qu'est-ce que j'entendons!

(On entend le son d'une trompette.)

C'est comme qui dirait le son d'une trompette. Ah! mon Dieu! queuque c'est que çà? queuque c'est que çà? une femme en l'air, qui chemine sur un nuage!......

LA RENOMÉE.

Traverse le théâtre sur un nuage, portant une trompette d'une main, et de l'autre un drapeau, sur lequel on lit:

LES FRANÇAIS VAINQUEURS A MARENGO.

SCÈNE VI.

LANCELOT, ALEXIS, SOLDAT.

LANCELOT.

Courons, courons.

ALEXIS.

Eh! où allez-vous donc si vîte, l'ami?

LANCELOT.

Mais voyez donc, monsieur le soldat, voyez donc.

ALEXIS.

Mais je ne vois que vous et les arbres.

LANCELOT.

Levez la tête; comme alle est jolie, cette courière! alle devrait bien venir se reposer dans notre auberge.

ALEXIS.

C'est la Renomée. Elle n'a pas le tems de s'arrêter: elle a affaire à un homme qui la tient toujours en mouvement.

LANCELOT.

C'est peut-être son mari?

ALEXIS.

Non; mais il faut qu'ils soient bien ensemble, car elle n'a jamais dit de mal de lui.

LANCELOT

Alle a une drôle de voiture, toujours. C'est possible un volécifère......

ALEXIS.

Nous sommes, ami, dans le siècle des prodiges. Une vieille nation active, ingénieuse et forte, amie de la gloire, justement célèbre par ses lumières et sa valeur, veut se donner de nouvelles lois; tous veulent le bien; mais les uns le voient dans l'ordre ancien, et les autres dans un systême nouveau. Une fatale division s'établit, et l'Europe effrayée se met sous les armes et menace la France. L'erreur lui déroba ses premiers chefs militaires. Elle appelle ses enfans à sa défense..... Des bataillons, aussi étonnans par leur nombre que par leur courage, sont à l'instant créés, et de leur sein sortent des milliers de généraux; la France est sauvée. Un antique ennemi, puissant, jaloux et perfide, jette sur tous les points de notre patrie les brandons de la discorde; un jeune général s'élance du pied des pyramides égyptiennes, sur lesquelles il arbora les drapeaux de la France triomphante; en un instant nous respirons, et l'ordre social est reconstitué sur une base que posèrent ensemble la raison, la politique et l'expérience; et la reconnaissance élève un temple à la concorde. Oui, tout est prodige: on se parle, on se répond, en un instant, à cent lieues de distance. Une armée formidable s'élève au sommet des montagnes; elle se précipite sur un ennemi vainqueur et qui a triplé ses forces; l'ennemi, stupéfait, admire le héros et les soldats; il signe la paix et devient notre ami. Un instant créa le projet; un instant suffit à l'éxécution, et j'ai mis plus de tems pour venir d'Italie, que le général n'en a mis pour fixer irrévocablement nos brillantes destinées.

LANCELOT.

Tatigué, comme vous dégoisez çà! Et vous étiez de cette armée-là! Vous devez être bien fiar.

ALEXIS.

Tu dois l'être aussi. L'éclat de nos armes rejaillit sur ceux qui ont mérité que nous combattions pour eux. Mais je suis fatigué.....

LANCELOT.

Je le croyons; vous n'avez pas, comme dit cet autre, chômé une fête par jour.

ALEXIS.

Tu te trompes, ami, le jour du départ fut un jour de fête; chaque jour de marche fut une fête, et le jour du combat fut une grande fête, car il fut celui de la victoire.

LANCELOT.

A ce compte-là, depuis dix ans vous n'avez eu que des fêtes; je ne m'étonnons pas que vous paraissiez si gai. Mais j'ons perdu de vue la belle messagère......

ALEXIS.

Laisses-là courir ; elle n'a que le tour du monde à faire. Mais l'intérêt public me fait perdre de vue non petit intérêt particulier. Dis-moi si une petite fille, qui était bien jolie, et qu'on appelle Lucette.....

LANCELOT.

Vous la connaissez. Ah ! ah ! je devinons, monsieur le soldat ; j'ons entendu dire queuque chose... Mais chut ; v'là not' magister qui rêve comme à son ordinaire.

SCÈNE VII.

LANCELOT, LE MAGISTER, ALEXIS.

ALEXIS.

C'est mon oncle.

LE MAGISTER (se croyant seul, un papier à la main.)

Oui, oui, je m'arrête à cette idée ; d'abord cela est très-poëtique, et c'est absolument neuf. Je ne connais qu'une douzaine d'auteurs qui s'en soient servi les uns après les autres.

LANCELOT.

C'est un savant que not' magister, voyez-vous.

ALEXIS (riant.)

Mon oncle un savant!

LANCELOT.

Son oncle!

LE MAGISTER.

Quelle voix, justes Dieux, a frappé mon oreille?
Tous mes sens enchantés......

ALEXIS.

C'est votre neveu, mon cher oncle.

LE MAGISTER (transporté.)

C'est lui! c'est bien lui!

ALEXIS.

C'est moi-même qui viens vous embrasser et épouser sa chère Lucette.

LANCELOT.

Ah! morguienne, v'là une belle histoire. Ce pauvre Craquignac! v'là une terrible *application* pour lui. Allons vîte annoncer çà à Lucette. (*Il sort.*)

SCÈNE VIII.

LE MAGISTER, ALEXIS.

LE MAGISTER.

Te voilà donc, mon cher Alexis.

(Avec emphase.)

Le voilà cet enfant, qu'embellit la victoire!
Que mes embrassemens...... (Il cherche.)

ALEXIS.

Embrassons-nous d'abord, vous finirez le vers après. (*Apart.*) Il est toujours le même. (*Haut.*) Vous vous portez bien ; j'en suis enchanté. Vous me voyez après dix ans d'absence, couvert de blessures, mais plein de satisfaction d'avoir fait mon devoir, vous aimant toujours, disposé à ne plus vous quitter et à recevoir la main d'une espiègle de votre connaissance. Dites-moi un mot de ma chère Lucette, si jolie à huit ans.

LE MAGISTER.

Elle ne l'est pas moins à dix-huit.

Les graces, les vertus décorent sa jeunesse,
Et le plus tendre amour.....

ALEXIS (vivement.)

Allons la voir.

LE MAGISTER (gravement.)

Mais son cœur.....

ALEXIS.

Quoi ?

LE MAGISTER.

Un certain Craquignac, dont on vante l'adresse,
Vrais gascon de naissance.....

ALEXIS (vivement.)

Après ?

LE MAGISTER.

Dit qu'il a escamoté le cœur de Lucette.

ALEXIS.

Mais.....

LE MAGISTER.

Oh ! gardes-toi, mon fils, de jeter les hauts cris ;
Car Lucette dit que Craquignac.....

ALEXIS (se rassurant.)

N'est qu'un gascon, n'est-ce pas ?

LE MAGISTER (ton plaisamment tragique.)

C'est toi qui l'as nommé.

ALEXIS.

Courons embrasser Lucette.

LE MAGISTER.

Eh! mon ami, la voilà : elle court, la friponne, au-devant de tes embrassemens.

L'Amour donna toujours des aîles aux amans,
Car.....

SCÈNE IX.

LUCETTE, LE MAGISTER, ALEXIS.

LUCETTE

(accourant et feignant de ne pas voir Alexis, qu'elle regarde à la dérobée.)

Monsieur le magister, monsieur le magister, je ne sais ce que c'est, mais on voit bien loin d'ici....

(*A part.*) Le voilà donc!

(*Au magister.*) Une poussière, un monde....

(*A part.*) Mon Dieu, quel plaisir!

(*Au magister.*) Que çà est étonnant. Tout le village court au-devant......

(*A part.*) Je le reconnais bien.

(*Au magister.*) Pour savoir ce que c'est. On voit des drapeaux, des armes qui brillent.....

LE MAGISTER (très-empressé.)

Je vais voir, je vais voir.... Si c'était.... Cela se peut bien. Heureusement je serai bientôt prêt;

les vers avec moi coulent de source. J'y cours. Lucette, regarde ce soldat ; il a quelque chose à te dire ; vous vous connaissiez autrefois. Mes amis, renouvellez connaissance, et préparez votre bonheur ; je me charge d'y contribuer par mes vers et ma fortune.

Que l'Hymen et l'Amour, par de brûlantes chaînes,
Dans ce jour solennel.....

Je vais voir ce que c'est, et je reviens achever les vers que la plus tendre amitié vient de m'inspirer en votre faveur. (*Il sort vivement.*)

SCÈNE X.

LUCETTE, ALEXIS.

LUCETTE (à part.)

Le cœur me bat.

ALEXIS (à part.)

Voilà la première fois que je tremble. Mademoiselle, me reconnaissez-vous?

LUCETTE.

Je crois qu'oui.

ALEXIS.

Vous vous rappelez donc......

LUCETTE.

J'ai bonne mémoire.

ALEXIS.

Comme j'aimais à me trouver avec vous!

LUCETTE.

Sous un ormeau? J'y vais souvent penser aux plaisirs de mon enfance.

ALEXIS.

Qu'il me tarde de le revoir!

LUCETTE.

Vous aviez quinze ans alors.

ALEXIS.

Et vous huit.

LUCETTE.

C'est vrai.

ALEXIS.

Vous étiez vive et charmante.

LUCETTE.

Je l'ai entendu dire.

ALEXIS.

Vous m'appeliez votre mari.

LUCETTE.

Ne m'appelliez-vous pas votre petite femme?

ALEXIS.

J'avais bien du plaisir à vous donner ce nom.

LUCETTE.

Et moi.....

ALEXIS (vivement.)

Et vous?

LUCETTE (affectant un ton froid.)

J'avais beaucoup d'amitié pour vous.

ALEXIS (avec intention.)

Je vous embrassais quelquefois. (*A part.*) Et j'en meurs d'envie aujourd'hui. (*Haut et s'avançant.*) Et si j'osais....

LUCETTE (faiblement.)

Oh! c'est bien différent.

ALEXIS (s'échauffant.)

Je vous aime bien plus aujourd'hui. Vous êtes bien plus jolie, et vous me paraissez bien plus aimable....

LUCETTE

Vous croyez?

ALEXIS.

Recevez.....

LUCETTE.

Quoi?

ALEXIS (l'embrassant.)

Ce baiser. (*A part.*) J'ai pourtant pris courage.

LUCETTE (minaudant.)

Ce badinage......

ALEXIS.

C'est mon cœur qui l'a voulu. Le vôtre est-il fâché ?

LUCETTE.

J'ai le cœur bon.

ALEXIS.

On le voit sur votre jolie figure, et vos yeux ne cessent de le dire. Voulez-vous que je recommence ?

LUCETTE (affectant le ton sévère.)

Monsieur...... A propos, vous n'avez pas souvent écrit à ma mère pendant votre longue absence.

ALEXIS.

Voici sa réponse à ma dernière lettre. Elle était sur mon cœur.

LUCETTE.

Ah! voyons. (*A part.*) J'avais besoin de cette lettre pour respirer.

ALEXIS (lisant.)

» Mon cher fils......

Vous entendez? mon cher fils.

(Lisant.)

» Lucette ne cesse de parler de vous.....

LUCETTE.

Oh!

ALEXIS.

Quoi?

LUCETTE.

C'est ma mère qui commençait toujours la conversation sur vous; il fallait bien répondre.

ALEXIS (lisant.)

» Vous êtes trop loin de moi et de ma chère
» Lucette, qui s'en plaint tous les jours......
C'est vrai!

LUCETTE.

Ma mère s'amuse.

ALEXIS (lisant.)

» Quand serons-nous réunis pour ne plus
» nous séparer? quand......
Écoutez bien ceci?
» Quand aurai-je le bonheur de vous voir
» l'époux de ma chère Lucette?.....

LUCETTE.

Oh! par exemple......

ALEXIS (lisant.)

» Quand aurai-je le bonheur de vous voir
» l'époux de ma chère Lucette......

LUCETTE.

Eh! vous avez déjà lu cela?

ALEXIS.

Il fallait le répéter; cela se lie si bien à ce qui suit!

(Lisant.)

» De ma chère Lucette, qui ne cesse de me
» dire, et cela me fait grand plaisir, qu'elle
» vous aime de tous son cœur.....

LUCETTE.

Je n'aurais pas cru que ma mère.... (*A part.*) Je suis bien dans l'embarras ici.

ALEXIS.

Est-il vrai que vous m'aimez de tout votre cœur?

LUCETTE.

Mais.....

ALEXIS.

Encore un mot.

LUCETTE.

Ce que desire ma mère......

ALEXIS.

Après?

LUCETTE. (avec abandon.)

Pour ne pas la faire passer pour menteuse, il faut bien que je le desire aussi, mon cher Alexis.

ALEXIS.

Je suis le plus heureux des hommes.

LUCETTE.

Vous avez assez fait pour la gloire; il faut bien que l'amour fasse quelque chose pour vous. (*Ils s'embrassent.*)

SCÈNE XI.

LUCETTE, ALEXIS, CRAQUIGNAC.

(Craquignac porte une bannière roulée, qu'il pose contre la coulisse. Il est habillé et armé d'un grand sabre.)

CRAQUIGNAC.

Eh! qu'est-cé qué jé vois? Dieu mé damne, un soldat embrasse Lucette, et la pétite né s'effarouche pas! Monsieur lé soldat, vous vous échauffez un peu trop. Vous n'êtes pas ici en pays dé conquête, au moins.

ALEXIS.

Ce n'est qu'une petite reconnaissance.

CRAQUIGNAC.

Vous appellez cela une pétite réconnaissance?

ALEXIS.

Nous nous connaissions lorsque nous étions enfans.

CRAQUIGNAC.

Il mé paraît qué vous vous connaissez bien aujourd'hui que vous êtes dé grands personnages.

ALEXIS.

Je n'ai pas voulu passer dans cette commune sans lui prouver le plaisr que j'ai de la voir bien jolie et bien aimable.

CRAQUIGNAC.

C'est fort honnête vraiment. Vous né faites donc qué passer?

ALEXIS.

Oh! je prendrai quelque repos. (*A Lucette.*) C'est-là le soupirant?

LUCETTE (bas.)

Le plus ennuyeux personnage.

CRAQUIGNAC.

Elle vous dit quelqué chose dé flateur pour moi, jé lé parie.

ALEXIS.

C'est une vérité.

CRAQUIGNAC.

Savez-vous qué vous embrassiez ma prétendue?

LUCETTE.

Le sot!

ALEXIS.

Oui?

CRAQUIGNAC.

Jé l'adore.

LUCETTE

Le fou!

ALEXIS.

On le voit.

CRAQUIGNAC.

Tout lé monde est enchanté d'une union qui séra parfaite.

LUCETTE.

L'insolent!

ALEXIS.

Vous êtes aimé, sans doute?

CRAQUIGNAC.

Régardez-moi.

LUCETTE.

Le fat!

ALEXIS.

A quand la noce?

CRAQUIGNAC.

L'un de ces jours.

ALEXIS.

Sa mère y consent?

CRAQUIGNAC.

Qué dé reste.

ALEXIS.

Dites-moi......

CRAQUIGNAC.

Avec plaisir.

ALEXIS.

Personnes ne vous a encore coupé les oreilles !

CRAQUIGNAC.

Jé né crois pas.

LUCETTE.

Ce serait dommage, car elles sont belles.

ALEXIS.

Vous m'avez tout l'air d'un faquin.

CRAQUIGNAC.

Vous badinez ?

ALEXIS.

Si vous osez regardez Lucette en face......

CRAQUIGNAC

Eh ! pourquoi né voulez-vous pas qué jé régarde lé plus joli visage du monde ?

ALEXIS.

Si vous osez lui parlez de votre impertinent amour......

CRAQUIGNAC.

J'ai toujous cépendant la vérité sur les lèvres.

ALEXIS.

Je vous extermine.

CRAQUIGNAC.

Diable !

ALEXIS.

Encore un mot, et je tiens parole.

CRAQUIGNAC.

Vous êtes expéditif. Savez-vous une chose ?

ALEXIS.

Parlez vîte et décampez.

CRAQUIGNAC.

Vous êtes d'une pétulence.... Mais nous nous ressemblons, qué c'est une merveille, car moi aussi...... j'extermine ceux qui mé déplaisent, et...... vous mé déplaisez.

ALEXIS.

Je vous déplais ?

CRAQUIGNAC.

Très-fort ; car jé mé doute.... Il y a entre vous et cé pétit démon quelqué rapprochement qui nuit à ma tendre passion. Il faut faire sautér l'obstacle. Il est décidé qu'il faut qué jé vous tue, et j'épouse ensuite Lucette à votre barbe.

ALEXIS.

Vous avez du cœur.

CRAQUIGNAC.

Tous les Français en ont quand ils ont un héros en tête ; et d'ailleurs, jé suis gascon, c'est tout dire. Si çà ne dérange pas mademoiselle, nous commencérons un pétit jeu dans léquel j'excelle. (*Il veut tirer le sabre.*)

LUCETTE (se plaçant vivement entr'eux.)

Vous oseriez......

CRAQUIGNAC.

Pétite, lé vin est tiré, il faut lé boire. Monsieur est-il prêt pour la cérémonie ?

LUCETTE.

C'est affreux...... Mon cher Alexis.....

ALEXIS.

N'ayez pas peur ; au premier coup je le désarme.

CRAQUIGNAC.

Jé sais qué vous êtes accoutumé à brusquer la victoire ; mais un anglais et un gascon, c'est deux.

LUCETTE.

Monsieur Craquignac......

CRAQUIGNAC.

Rétirez-vous, rétirez-vous, ingrate, qui osez dédaigner la plus belle flamme.... Vous ne savez pas cé qué vous perdez. Vous en pleurerez un jour ; mais c'est égal. Vous êtes cause de l'injure qui m'a été faite ici, et à l'instant même il faut qu'elle soit réparée. Rétirez-vous; jé vous l'ordonne dé par l'amour en fureur et l'honneur outragé.

LUCETTE (à Alexis.)

Vous me promettez.....

ALEXIS.

N'ayez pas peur.

LUCETTE.

Allons vîte chercher ma mère et le magister.

SCÈNE XII.

ALEXIS, CRAQUIGNAC.

CRAQUIGNAC.

Jé m'étais armé pour aller au-dévant du prémier consul et dé sa valeureuse escorte; jé né m'attendais pas qué j'aurais l'honneur dé m'escrimer avec l'un dé ceux qui l'ont si bien secondé. En garde.

(Ils tirent le sabre.)

Diable, vous avez-là un beau sabre.

ALEXIS.

Il est beau et bon.

CRAQUIGNAC.

Jé crois qu'il est de la manufacture d'Arcole.

ALEXIS.

Oui, c'est un sabre d'honneur que j'ai reçu sur le champ de bataille.

CRAQUIGNAC.

Eh! donc, qué né lé disiez-vous? est-cé qu'on peut résister à une arme dé cette espèce dans les mains d'un soldat français? Il faut des armes égales, monsieur?

ALEXIS.

Vous fait-il peur?

CRAQUIGNAC.

Peur! En garde, par la ventrebleu. Jé sérai vaincu pour la prémière fois; mais c'est égal. Jé né sérai pas fâché d'être blessé par un sabre d'honneur; çà m'infusera un peu dé la gloire qué vous avez acquise pour l'obtenir.

ALEXIS.

Vous êtes un brave homme.

CRAQUIGNAC

Dé père en fils.

ALEXIS.

Touchez-là.

CRAQUIGNAC.

Volontiers, et battons-nous.

ALEXIS.

Embrassons-nous.

CRAQUIGNAC.

Dé bon cœur. En garde.

ALEXIS.

Soyons rivaux amis.

CRAQUIGNAC.

Jé lé veux bien. (*Il met le sabre dans le fourreau.*) Oh çà, vous né mé coupérez pas mes pauvres oreilles.

ALEXIS.

Je me reproche cette vivacité, indigne de vous et de moi.

CRAQUIGNAC (*vivement.*)

C'est bon, c'est bon. Jé n'aurais pas cépendant été fâché dé rémettre ma valeur à l'ordre du jour, pour vous prouver qué jé suis digne dé mon nouvel ami et dé l'espiègle enchanteur qui mé tourmente. Mais cé sabre m'apprend qué vous avez des droits certains aux faveurs dé l'amour, puisqué vous avez obtenu toutes celles de la gloire. Embrassons-nous. (*Ils s'embrassent.*)

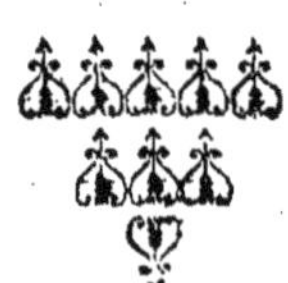

SCÈNE XIII.

ALEXIS, CRAQUIGNAC, LE MAGISTER, LUCETTE.

LE MAGISTER.

Ils s'embrassent!

(Avec emphase.)

Le glaive de la mort repose en son fourreau,
Et sans doute l'honneur......

CRAQUIGNAC.

Reste intact. Il vaut mieux trouver un ami qué dé tuer un brave homme. Savez-vous qué voilà un sabre d'honneur.

LE MAGISTER, LUCETTE, (ensemble.)

Un sabre d'honneur!

LUCETTE.

Mon cher Alexis!

LE MAGISTER, (avec emphase.)

La Gloire le couronne, et l'Amour le caresse.

CRAQUIGNAC.

Voilà un fort joli tableau. Il né manque pas d'expression. Jé suis seulement fâché dé n'être ici qué lé plus sot personnage.

ALEXIS.

Vous êtes un brave homme.

CRAQUIGNAC.

On sait çà.

ALEXIS.

Et mon ami.

CRAQUIGNAC.

C'est vrai. Mais vous mé soufflez Lucette, et voilà lé diable. Allons, définitivement jé vous la cède. (*Il leur prend la main.*) Jé fais comme lé fameux Vendôme, qué j'ai vu dans la tragédie à Mélun, lorsqué jé faisais mon tour de France.

(Prenant le ton tragique.)

Jé m'arrache lé cœur;
Mais un grand sacrifice est ici nécessaire.

Jé lé fais pour mé punir de cette vanité qui m'a fait faire tant dé sottises : jé férai plus, jé mé corrigerai.

(*Le canon se fait entendre à coups redoublés.*)

Qu'est-cé qué j'entends?

ALEXIS.

Que signifie......

LUCETTE.

Grands Dieux!

LE MAGISTER.

J'entends le bruit affreux des foudres de la guerre.

CRAQUIGNAC.

Eh mon dieu! eh mon dieu! tout change à

mes yeux. Eh! c'est comme à l'Opéra. Eh! voyez donc, voyez donc.

LE MAGISTER.

La nature, en ce jour, prodigue ses miracles.

CRAQUIGNAC.

Jé vois cé qué c'est, jé vois cé qué c'est. Voici l'instant dé déployer la banière.

(Le fond du théâtre a changé. On voit le TEMPLE DE MÉMOIRE, placé sur un rocher, au pied duquel est la mer, qui doit paraître à la droite du public. A la gauche et près de l'avant-scène s'élève UN RICHE PAVILLON, orné des attributs de la guerre. Il est fermé.

LE CORTÈGE PARAIT.

MARCHE.

CRAQUIGNAC déploie sa Banière, sur laquelle on lit :

IL EST VENU, IL A VU, IL A VAINCU.

Il se place avec les autres, en tête du premier groupe.

ORDRE.

PEUPLE.

Craquignac en tête, avec sa banière.

SOLDATS

Couronnés de lauriers et drapeaux déployés.

BANIÈRE.

Ils ont vaincu l'Europe et sauvé la Patrie.

DANSEURS ET DANSEUSES.

BANIÈRE.

Aux combats ont succédé les jeux.

LES NEUF MUSES, avec leurs attributs.

BANIÈRE.

SIÈCLE DES LUMIÈRES.

LES NATIONS.

BANIÈRE.

PLUS D'ENNEMIS.

L'ÉTOILE PARAIT.

LA FRANCE,
sur un char orné de drapeaux.

LE GÉNIE
est derrière elle et la couronne.

La France est portée entre quatre trophées, dont le premier représente l'Agriculture ; le second, le Commerce ; le troisième, les Arts ; et le quatrième, la Guerre.

LA RENOMMÉE
est devant la France. Elle porte un gonfalon, sur lequel on lit : PAIX GÉNÉRALE.

Cette marche pompeuse a lieu au son d'une musique brillante. Le canon se fait entendre jusques au moment où tout le monde est en place.

La France est au milieu; les Muses à sa droite; les Nations à sa gauche. L'Angleterre se trouve la plus près de l'avant-scène. Les Soldats et le Peuple forment le cercle derrière. Les chanteurs et danseurs sont sur les côtés. Le pavillon reste totalement découvert.

Chaque Nation porte à sa main une petite

banière, sur laquelle sont peints leurs armoiries respectives.

Quand tout le monde est en place.

L'ANGLETERRE (à part.)

Voilà donc le résultat de mes efforts. Mes guinées perdues et la France plus belle, plus forte et plus brillante.

DANSE.

CHŒUR.

Que le héros qui sauva la patrie,
Achève son ouvrage et fixe le bonheur;
Et qu'à jamais sa mémoire chérie
Charme de nos enfans et l'esprit et le cœur.

L'ANGLETERRE (à part.)

Qu'elle est donc cette Etoile qui me fatigue? Désignerait-elle celui qu'on ne peut vaincre et qui veut briser en mes mains le sceptre des mers?

CHŒUR DES MUSES.

Aux chants de l'allégresse unissons nos accens;
Célébrons en ce jour ses talens et sa gloire;

Au pacificateur offrons un juste encens,
Et qu'il vive à jamais au Temple de Mémoire.

L'ANGLETERRE (à part, tenant un parchemin.)

Le voilà ce traité,.... le voilà...... Je l'ai signé...... Il tarit la source des maux...... Par lui l'Europe respire et l'humanité se réjouit..... Je l'ai signé.... Qu'est-ce qu'une signature!

DANSE.

Les MUSES, précédées par la Renommée, vont vers le pavillon : elles ouvrent les rideaux. Un sculpteur, habillé à la grecque, travaille au buste de l'EMPEREUR. Il désigne la colonne brisée sur laquelle le buste doit être placé. Quatre militaires la prennent et la portent dans LE TEMPLE DE MÉMOIRE. Les danseurs et les danseuses dansent autour et les accompagnent. Quand la colonne est en place, ces personnages reviennent vers le pavillon.

Pendant cette cérémonie, le canon se fait entendre, et le chœur chante :

Que le héros qui sauva la Patrie, etc.

Les Muses font ensemble signe de prendre le buste.

LE TEMS PARAIT.

Il sort du pavillon. Grand étonnement général.

LE TEMS.

Filles de l'Hélicon, en ce jour solennel,
Vous pouvez au héros offrir un juste hommage ;
Mais pour le décorer d'un honneur immortel,
O Muses ! que le Tems achève cet ouvrage.
Mille faits éclatans attestent sa valeur ;
Il sauva sa Patrie, et s'il s'arma pour elle,
Des milliers de héros eurent le même zèle ;
Il remplit son devoir et satisfît son cœur.
Son génie, il est vrai, par une heureuse audace,
De l'horrible Discorde éteignit les fureurs ;
Il aida la Justice à reprendre sa place,
Et la Paix va bientôt répandre ses faveurs.....
Il a, par ses talens, su recréer la France,
Et son nom est célèbre au bout de l'univers.
Offrez à ses vertus, par cent moyens divers,
Les hommages flatteurs de la reconnaissance.
Mais avant d'accorder un honneur infini
Au héros qui commence un aussi grand ouvrage,
O Muses ! que le Tems couronne le présage ;
Le buste sera prêt quand il aura fini.

Le Tems ferme le pavillon, et disparaît.

L'ANGLETERRE (haut.)

Le buste sera prêt quand il aura fini!!! La guerre, la guerre, la guerre. Le voilà ce traité d'Amiens... Qu'il soit anéanti. (Elle le déchire.)

Indignation générale.

LA FRANCE.

Perfide Angleterre!

LES NATIONS.

O crime!

CRI GÉNÉRAL.

Vengeance! vengeance!

L'ANGLETERRE.

Je ne suis pas bien ici; retirons-nous.

(Elle s'embarque, et tous les personnages font des menaces fortement prononcées.)

LA FRANCE.

Bientôt tu me verras sur tes bords.

CRI GÉNÉRAL.

Marchons.

LA FRANCE (désignant l'ÉTOILE.)

Et voilà notre guide.

La mer se couvre de bateaux plats, ornés de banderoles aux trois couleurs.

CHŒUR.

Sur les bords exécrés de l'infâme Angleterre,
Vainqueurs de l'univers, arborez vos drapeaux ;
Elle signa la paix pour préparer la guerre ;
Que seule de la guerre elle endure les maux.

Pendant que ce chœur se chante, les MUSES montent vers le TEMPLE DE MÉMOIRE ; les NATIONS précédant la FRANCE se retirent avec elle dans le même ordre qu'elles sont venues. Des troupes s'embarquent. Tout cela se fait sur la marche triomphale.

L'ÉTOILE s'est dirigée vers la mer.

Quand tout le monde est sorti, une toile tombe dans le fond et représente un hameau.

Le pavillon est resté à sa place.

SCÈNE PREMIÈRE.

LE MAGISTER, CRAQUIGNAC,

(avec quatre ou cinq personnages qui sont restés sur la scène.)

LE MAGISTER (avec emphase.)

Qui jamais en un jour vit autant de prodiges?

CRAQUIGNAC.

Allons, allons, c'est décidé; il faut qué l'honneur dé ma Patrie soit vengé, et jé m'en charge. Jé pends lé sac à poudre au croc, et jé marche contre l'Angleterre.

LE MAGISTER.

Allez, cher Craquignac, moissonner des lauriers,
Et je vais dans mes vers chanter votre vaillance.
Qu'à la voix de l'honneur accourent nos guerriers,
Il s'agit de venger et l'honneur et la France.

CRAQUIGNAC.

Comment diable, notre ami, vous n'êtes pas resté court comme à votre ordinaire.

LE MAGISTER.

Rester court aujourd'hui! Ami, la verve des poëtes s'embrâse au feu qui brûle nos soldats; si Mars les conduit, Apollon nous inspire. Le Dieu des combats et le Dieu des vers brillèrent toujours l'un par l'autre.

CRAQUIGNAC.

Oui, jé pars, et dans la minute encore. Comment, sandis, la France victorieuse a tendu la main à tous ses ennemis. Ils ont reconnu sa puissance et ses droits. L'Angleterre semble rénoncer à ses insolentes prétentions; elle sé pare dé l'olivier dé la paix, et c'est pour conbiner dé nouvelles perfidies.....

LE MAGISTER.

Chassez le naturel, il revient au galop.

Ce vers est d'un de mes confrères.

CRAQUIGNAC.

Les Français, sur la foi d'un traité solemnel, déploient leur génie pour les arts; la mer sé couvre dé vaisseaux; lé commerce va bientôt ranimer tous les états, et tout-à-coup nos espérances sont renversées...... En Angleterre, en Angleterre; c'est-là qu'il faut courir, et j'y cours. Qui m'aime mé suive. A moi seul, d'un tour dé main, j'escamote la tour dé Londres.

LE MAGISTER.

On ne vaincra jamais les Anglais que dans Londres.

CRAQUIGNAC.

Qu'est-cé qué vous dites ? Nous les avons vaincu par-tout où nous les avons trouvé. Lisez l'histoire anglaise par Brune, imprimée en Hollande

LE MAGISTER.

Oh ! sur la terre......

CRAQUIGNAC.

Sur mer, nous vaincrions lé diable, il né s'agit qué dé nous lé faire voir.

LE MAGISTER.

Et de pouvoir l'approcher ?

CRAQUIGNAC.

L'approcher ! C'est une bagatelle ; lé génie et l'audace vont plus vîte qué la peur. Si l'Anglais a ses vaisseaux, lé Français a son courage et son étoile : avec céla, on va, si l'on veut, sé promener dans lé parc dé Saint-James.

LE MAGISTER.

Pas si aisé, pas si aisé.

Sur des châteaux flottans, l'airain vomit la mort.

CRAQUIGNAC.

Sur des pétits bateaux, on vole à l'assaut des châteaux, et on les prend.

LE MAGISTER.

Pas si aisé, pas si aisé.

La mer dans ses fureurs engloutit les héros.

CRAQUIGNAC.

Le Français bravera la mer et touchera le rivage.

LE MAGISTER.

Pas si aisé, pas si aisé.

Le rivage est couvert d'armes étincelantes.

CRAQUIGNAC.

Et les bateaux portent des vainqueurs. Mais croyez-moi, notre magister, faites des vers, et né doutez pas de nos succès. L'audace, lé génie et lé courage, défendant la plus juste des causes, né trouvèrent jamais d'obstacle insurmontable. Lé génie a conçu lé plan; l'audace l'a dessiné; lé courage l'exécutera.

SCÈNE II.

LE MAGISTER, CRAQUIGNAC, ALEXIS.

CRAQUIGNAC.

Eh! où allez-vous, notre ami?

ALEXIS (sac sur le dos.)

En Angleterre.

CRAQUIGNAC.

Nous ferons route ensemble. Ami, nos sabres vont changer dé couleur, sandis.

LE MAGISTER.

Tu te sépares de Lucette et de tes amis, mon cher Alexis.

L'amour cède le pas au démon des batailles.

ALEXIS.

Cher oncle, l'amour marche avec lui au-devant de l'honneur, qui le ramènera aux pieds de Lucette.

CRAQUIGNAC.

Vous êtes digne d'être mon rival et mon rival préféré; voilà comme j'aurais fait; la patrie d'abord, ensuite sa maîtresse; c'est juste.

LE MAGISTER.

Allez, vaillans guerriers, courez à la victoire;
Sur les remparts anglais, arborez vos drapeaux;
Mars saura vous ouvrir le chemin de la gloire;
Et je vais..... je vais. (Il cherche.)

Mais qu'est-ce que j'entends?

SCÈNE III.

LES PRÉCÉDENS.

(Troupe de jeunes gens, sac sur le dos. Troupe de jeunes filles, ayant en main une branche de laurier.)

ON CHANTE :

Depuis long-tems on dit
Que l'Angleterre
S'engraisse et rit
Des malheurs de la terre.
Nous allons voir enfin,
Si par notre courage,
Nous saurons mettre fin
A son brigandage.

Tous les personnages répètent les quatre derniers vers.

La ruse et les forfaits
Font sa puissance ;
Par mille traits
Elle insulta la France.
Nous allons voir enfin, etc.

Le CHŒUR répète le refrein.

Sous les yeux d'un héros,
Notre jeunesse

Va sur les flots,
Pour punir la tigresse.
Nous allons voir enfin, etc.

LE MAGISTER.

Je suis ému à un point...... Que n'ai-je vingt ans? Allez, amis, et que l'Anglais apprenne que s'il est maître de son sol, la mer est la propriété de tous les peuples; que le crime seul peut l'envahir et la lâcheté le permettre; que le moment est venu de fixer irrévocablement le droit des nations; que les moyens de bonheur et de richesse doivent également être partagés; que l'ambition et ses forfaits doivent disparaître; que le bien général doit être la loi, et que les vainqueurs du monde la feront exécuter.

TOUS LES PERSONNAGES.

C'est-çà, c'est-çà, c'est-çà.

CHŒUR.

Nous allons voir enfin
Si par notre courage
Nous saurons mettre fin
A son brigandage.

LE MAGISTER.

O toi! qui terminas nos malheurs et la guerre,
Que le sort a choisi pour fixer nos destins;
Brave NAPOLÉON, apprends à l'Angleterre
Qu'elle doit redouter le plus grand des humains;

Que tes foudres sont prêts, et que l'onde étonnée
Va porter sur ses bords des milliers de vengeurs;
Que la grande nation, trop long-tems insultée,
A l'instant va punir ces forbans ravisseurs,
De l'univers entier dévorant les richesses,
Des peuples et des rois exécrables bourreaux,
Armés de leurs poignards et forts de nos faiblesses,
Tyrannisant la terre en régnant sur les eaux.
Vils Anglais, frémissez; une Étoile brillante,
Va marquer le chemin qui conduit jusqu'à vous.
De vos nombreux forfaits la puissance sanglante
Va s'enfuir devant elle et tomber sous nos coups;
Un héros vous appelle à venger la patrie;
Sa voix, mes chers amis, est celle de l'honneur.
Sur son trône ébranlé frappez la perfidie,
Et l'univers.... l'univers.... l'univers.... (Il cherche.)

J'enrage.....

L'univers......

CRAQUIGNAC.

Vous nous direz lé reste à notre rétour. Marchons.

LE MAGISTER,

(très-en colère de n'avoir pu finir sa tirade, sortant.)

Cela n'arrive qu'à moi.

On se met en marche. Alexis et Craquignac se placent à la tête.

LES JEUNES FILLES.

Allez, vaillans guerriers,
A la victoire,

Et ces lauriers
Sont promis par la gloire.

LES FILLES.	LES GARÇONS.
Si nous voyons enfin	Nous allons voir enfin,
Que par votre courage,	Si par notre courage,
Vous savez metre fin	Nous saurons mettre fin
A ce brigandage.	A ce brigandage.

Tous le monde sort.

PANTOMIME.

Le théâtre s'obscurcit; éclairs et tonnerre.

LA VENGEANCE, suivie des quatres personnages qui, dans la première allégorie, figuraient L'ÉGOISME, L'IMMORALITÉ, L'AMBITION et LA FOLIE, s'avance avec précaution, après être sortie de dessous le théâtre. Elle s'approche du pavillon. Mouvemens d'exécration. Menaces imitées par les quatres personnages. Six furies armées de torches sortent aussi de dessous le théâtre. LA VENGEANCE leur désigne le pavillon. Mouvemens de fureur. En même tems, un autel sanglant s'élève: il porte un faisseau de poignards. LA VENGEANCE entr'ouvre les rideaux du pavillon. Menaces.

Ici s'élève sur l'autel un tableau portant, d'une manière très-apparente, LES ARMES D'ANGLETERRE. Sous cette écusson, on lit les mots suivans:

QU'IL MEURE,

ET QUE LA FRANCE DISPARAISSE.

LA VENGEANCE distribue les poignards aux personnages. Quand ils sont armés, ils font le serment d'exécuter l'assassinat. Les furies en même temps agitent leurs flambeaux. Des flammes sortent de dessous le théâtre.

Grand éclat de tonnerre.

L'ÉTOILE paraît au dessus du pavillon.

Stupéfaction générale.

Une pluie de feu tombe. Tous les personnages sont engloutis.

La toile du fond se lève.

Musique triomphale.

On voit l'intérieur du TEMPLE DE MÉMOIRE.

La colonne brisée est dans le milieu.

LA FRANCE, plus élevée que la colonne, est derrière, assise sur un trône magnifique, la tête ornée d'une auréole brillante, et ayant un sceptre en main.

Au-dessus du temple, paraît UNE GRANDE ÉTOILE environnée de rayons éclatans. A droite et à gauche sont LES MUSES.

MARCHE.

PEUPLE.

SOLDATS.

CHANTEURS.

PREMIER GROUPE

BANIÈRE.

CAMPAGNE D'ITALIE.

DANSEURS.

DEUXIÈME GROUPE.

BANIÈRE.

CAMPAGNE D'ÉGYPTE.

TROIZIÈME GROUPE.

BANIÈRE.

CONSULAT.

QUATRIÉME GROUPE.

BANIÈRE.

PASSAGE DU SAINT-GOTHARD.

CINQUIÈME GROUPE.

BANIÈRE.

PAIX EXTÉRIEURE.

SIXIÈME GROUPE.

BANIÈRE.

REPRESSION DU BRIGANDAGE.

SEPTIÈME GROUPE.

BANIÈRE.

PAIX INTÉRIEURE.

HUITIÈME GROUPE.

BANIÈRE.

CODE CIVIL.

NEUVIÈME GROUPE.

BANIÈRE.

INSTRUCTION PUBLIQUE.

DIXIÈME GROUPE.

BANIÈRE.

ONZE FRIMAIRE AN XIII.

ONZIÈME GROUPE.

BANIÈRE.

POINT D'ORDRE SOCIAL SANS MORALE.

POINT DE MORALE SANS RELIGION.

Tous les groupes sont entre-mêlés de danseurs, danseuses, chanteurs et chanteuses.

LA RENOMÉE est en tête, et porte sa trompette, dont elle sonne; elle porte aussi de l'autre main un drapeau sur lequel on lit:

VIVE NAPOLÉON.

Quand tous les groupes sont en place.

BALLET.

Au moment que le ballet, qui doit être très-court, finit, LE GÉNIE de la France paraît sur un nuage, à la gauche du public: il tient en ses mains un gonfalon, sur lequel on lit : IL EST TEMS.

A la droite du public, un nuage brillant paraît aussi. Il s'ouvre : on voit LE TEMS sous la figure d'un jeune homme appuyé sur un aigle, qui tient en son bec une couronne formée d'Etoiles.

La couronne descend, portée par l'aigle.

LA MUSE DE L'ASTRONOMIE la reçoit, la remet à la MUSE DE L'HISTOIRE, qui a son tour la remet à LA FRANCE.

LA FRANCE se lève et fait un signe.

Le pavillon s'ouvre. Il est éclatant d'or; le sculpteur n'y est plus.

MARCHE MAJESTUEUSE.

LA RENOMMÉE.

DANSEURS ET DANSEUSES.

QUATRE PERSONNAGES.

Un homme en robe rouge, portant une branche d'olivier.

Un Prélat ; portant un bouquet d'Immortelles.

Un Préfet, portant un épi de bled.

Un Général, portant une branche de laurier.

Quand le buste est sorti du pavillon, ces quatres personnages tiennent, sur la tête, les objets qu'ils portent.

LES NEUF MUSES.

Quatre militaires prennent le buste. Quand il est hors le pavillon, LA MUSE DE L'HISTOIRE écrit le nom de NAPOLÉON sur son livre ; en marchant, elle tient son livre ouvert.

Le buste est posé sur la colonne.

La France met la couronne sur le buste et place son sceptre devant.

FANFARE.

LE GÉNIE.

La France triomphante, en ce jour solennel,
T'offre, ô Napoléon! un tribut immortel......
Tribut d'amour, d'estime et de reconnaissance.
Tu fis tout pour sa gloire, et tout pour son bonheur.
Achèves ton ouvrage, et que sous ta puissance,
Les vertus, les talens soient toujours en honneur.
Atteins le but sacré que marqua ton génie;
Consoles l'univers des maux qu'il endura
Sous le sceptre du crime et de la tyrannie.
Assez et trop long-tems son opprobre dura.
Ton front est ombragé des lauriers de la gloire;
Mais ces signes brillans du plus terrible honneur
Ont fait verser le sang des enfans de la terre;
Fais verser aux français les larmes du bonheur.
Méfies-toi sur-tout de l'intrigue rempante,
Toujours prête à ravir le prix de la vertu.
L'intriguant est ami lorsqu'il est dans l'attente
D'un bien qu'il sollicite et sait n'être pas dû.
Cherches dans sa retraite un sage qui se cache;
Il en est que l'intrigue, en cent lieux différens,
Dérobe à tes regards, dont la vie sans tache,
A l'estime publique a mille droits constans.
Tu le vois, en ce jour, ce bon peuple s'empresse
A célébrer ton nom, ta gloire et tes bienfaits;
Que ton grand cœur palpite à ces cris d'allégresse.....
Vive Napoléon, empereur des Français!

CHŒUR.

Que le héros qui sauva la patrie
Achève son ouvrage et fixe le bonheur,
Et qu'à jamais sa mémoire chérie,
Charme de nos enfans et l'esprit et le cœur.

GRAND BALLET.

FIN.

www.ingramcontent.com/pod-product-compliance
Ingram Content Group UK Ltd.
Pitfield, Milton Keynes, MK11 3LW, UK
UKHW020313220726
13923UKWH00003B/1130